José Roberto TORERO

Marcus Aurelius PIMENTA

CHAPEUZINHOS COLORIDOS

Ilustrações
MARILIA PIRILLO

Companhia das Letrinhas

Copyright © 2017 by Padaria de Textos
Copyright © 2017 by Marilia Pirillo

Grafia atualizada segundo o Acordo Ortográfico da Língua Portuguesa de 1990, que entrou em vigor no Brasil em 2009.

Capa, projeto gráfico de miolo e ilustrações
MARILIA PIRILLO

Produção editorial
MARYANNE LINZ

Produção gráfica
MARCELO XAVIER

Revisão
ANA JULIA CURY
RITA GODOY
BRUNO FIUZA
VIVIANE T. MENDES
ARLETE SOUSA

Dados Internacionais de Catalogação na Publicação (CIP)
(Câmara Brasileira do Livro, SP, Brasil)

Torero, José Roberto
 Chapeuzinhos coloridos / José Roberto Torero , Marcus Aurelius Pimenta ; ilustrações Marilia Pirillo. — 2ª ed. — São Paulo : Companhia das Letrinhas, 2023.

 ISBN 978-65-81776-62-6

 1. Contos — Literatura infantojuvenil I. Pimenta, Marcus Aurelius. II. Pirillo, Marilia. III. Título.

22-138399 CDD-028.5

Índices para catálogo sistemático:
1. Contos : Literatura infantil 028.5
2. Contos : Literatura infantojuvenil 028.5

Inajara Pires de Souza — Bibliotecária — CRB PR-001652/O

2ª edição
4ª reimpressão

Todos os direitos desta edição reservados à
EDITORA SCHWARCZ S.A.
Rua Bandeira Paulista, 702, cj. 32
04532-002 — São Paulo — SP — Brasil
☎ (11) 3707-3500
🔗 www.companhiadasletrinhas.com.br
🔗 www.blogdaletrinhas.com.br
📘 /companhiadasletrinhas
📷 @companhiadasletrinhas
▶ /CanalLetrinhaZ

A marca FSC® é a garantia de que a madeira utilizada na fabricação do papel deste livro provém de florestas que foram gerenciadas de maneira ambientalmente correta, socialmente justa e economicamente viável, além de outras fontes de origem controlada.

Esta obra foi composta em Quattrocento e impressa pela Lis Gráfica em ofsete sobre papel Couché Design Gloss da Suzano S.A. para a Editora Schwarcz em março de 2025

A história da Chapeuzinho Vermelho você já conhece. É aquela em que uma menina vai levar uma coisa para a avó que mora na floresta, mas aí ela e a avó acabam na barriga de um lobo. Só que o Lobo, depois de comer as duas, tira uma soneca e começa a roncar tão alto que atrai um caçador que estava passando por lá. Aí o Caçador liberta Chapeuzinho e sua avó e mata o Lobo.

Neste livro não vai ser bem assim. Para começar, os chapeuzinhos não são vermelhos. São azul, verde, branco, lilás, cor de abóbora e preto. E as histórias também são diferentes. Tem uma em que a Chapeuzinho é malvada, outra em que ela quer ser famosa, uma em que a Chapeuzinho é gulosa, outra em que ela quer ganhar dinheiro, uma sobre amizade e outra sobre o tempo.

Tomara que você goste de ler a história dessas outras Chapeuzinhos. E depois você até pode inventar uma Chapeuzinho nova. Ela pode ter um chapéu de bolinhas, listrado, com luzinhas, branco, roxo, cor de burro quando foge, sei lá!

O importante é a gente saber que pode mexer nas histórias.

CHAPEUZINHO AZUL

Era uma vez, numa pequena vila perto de uma pequena floresta, uma menina de olhos da cor do céu.

Todo mundo gostava dela, e sua avó mais ainda, tanto que decidiu fazer uma capinha com capuz para ela. Essa roupa era de veludo azul e a menina não a tirava nunca, nem quando brincava de teatrinho no quintal. Por causa disso, todo mundo na vila começou a chamá-la de Chapeuzinho Azul.

Um dia, sua mãe chamou-a e disse:

— Chapeuzinho, leve essa torta de amoras azuis para a sua avó, como você sempre faz.

— Pode deixar, mamãe, eu vou levar a torta.

— E tome cuidado, ouviu? Vá direto para a casa da sua avó e não saia do caminho, porque a floresta é perigosa.

Então a menina colocou a torta de amoras numa cesta, deu um beijo na mãe e partiu.

No caminho, ela cantava:

"Pela estrada afora,
Eu vou tão sozinha,
Tão desprotegida.
Ai de mim, tadinha".

Chapeuzinho entrou na floresta. A cada passo o caminho ficava mais estreito e a mata ficava mais escura. Até que, de repente, o Lobo saiu de trás de uma moita e disse:

— Bom dia, menina do chapeuzinho azul. O que você leva nessa cesta?

— Uma torta de amoras.

— Para mim?

— Não, senhor. Estou levando essas coisas para a minha frágil e indefesa avó, que vive lá no meio da floresta.

Então o Lobo pensou: "Chapeuzinho Azul é bem bobinha. Vou comer sua avó, depois ela, e ainda vou pegar essa torta de amoras de sobremesa".

Mas ele não podia devorar a menina ali, porque algum caçador poderia escutar os seus gritos.

Foi quando teve uma ideia e disse:

— Está vendo aquela trilha? Por que você não vai por ali e pega um monte de miosótis azuis para a sua avó? Aposto que ela vai gostar.

— Que boa ideia! Vou fazer isso mesmo! Ah, se todas as pessoas fossem gentis como o senhor...

Assim, Chapeuzinho pegou o outro caminho e saiu catando flores alegremente. Enquanto isso, o Lobo foi pelo caminho mais curto até a casa da Vovó.

Quando chegou, bateu na porta:

— Pou, pou, pou.

— Quem é? — perguntou a velhinha lá de dentro.

— Sou eu, sua netinha — falou o Lobo disfarçando a voz. — Vim trazer uma torta de amoras para a senhora. Abra a porta, Vovó.

A Vovó então levantou-se, pegou uma espingarda e abriu a porta.

Quando ela viu que era o Lobo quem estava lá, nem titubeou: puxou o gatilho e, bang!, deu um tiro no peito dele.

Depois disso, a Vovó pôs o bicho para assar no forno e deitou-se para esperar Chapeuzinho.

A menina vinha bem devagar pela mata, colhendo flores, escutando os pássaros, brincando com esquilos, bebendo água das fontes e cantando sua música:

"Pela estrada afora,
 Eu vou tão sozinha,
Tão desprotegida.
Ai de mim, tadinha".

Finalmente, quando ela chegou à casa da avó, bateu na porta:
— Pou, pou, pou.
— Quem é? — perguntou a Vovó.
— Sou eu, sua netinha. Posso entrar?
— Entre, querida, eu não via a hora de você chegar!

Chapeuzinho abriu a porta e foi até perto da cama. A Vovó estava embaixo das cobertas e usava uma touca enorme, de modo que só se podia ver uma pequena parte de sua cara.

Então a menina perguntou:

— Vovó, por que você tem orelhas tão grandes?

— São para ouvir melhor os lobos.

— E esses olhos tão grandes?

— São para ver os lobos de longe.

— E essas mãos tão grandes?

— São para pegar grandes pedaços de carne de lobo.

— E esse nariz tão grande?

— É para sentir o cheiro dos lobos no forno.

— E essa boca tão grande?

— É para comer carne de lobo! — gritou a Vovó com alegria. E, depois de dar uma grande gargalhada, ela falou: — Realmente, esse nosso plano nunca dá errado, não é, Chapeuzinho Azul?

— É verdade, Vovó. Os lobos sempre caem no nosso truque.

E aí as duas foram até o fogão, tiraram a travessa do forno e comeram o Lobo de uma só vez.

Depois disso, elas foram tirar uma sonequinha. Como estavam com a barriga muito cheia, logo começaram a roncar bem alto. Tão alto que um caçador que estava andando por ali escutou aquele barulho, pensou que alguém estivesse passando mal e resolveu dar uma olhada.

Quando abriu a porta e viu aqueles restos de comida nos pratos, o Caçador ficou com muita raiva. Ele não imaginava que veria o Lobo em pedaços, comido por aquelas duas.

Então ele apontou sua espingarda para elas e disse:

— Vocês estão presas!

— Nós? Por quê, senhor Caçador?

— Esse Lobo é de uma espécie que está desaparecendo da floresta. E sabe por que eles estão desaparecendo? Porque vocês andam comendo os coitados.

Aí ele pegou duas algemas, prendeu as duas e levou-as para a delegacia.

No dia seguinte, a mãe de Chapeuzinho foi até a delegacia e pagou uma fiança para liberar sua filha e sua mãe.

E, assim, com exceção do Lobo, todos ficaram felizes para sempre:

O Caçador porque ajudou a proteger uma espécie rara: o Lobo.

A Vovó porque saiu da cadeia.

E Chapeuzinho Azul porque aprendeu uma lição:

"Não se deve matar os animais, ainda mais se eles estiverem em extinção".

CHAPEUZINHO COR DE ABÓBORA

Era uma vez uma menina gulosa.

Todo mundo gostava muito dela, e sua avó mais ainda, tanto que lhe fez uma capinha com capuz. A roupa era cor de abóbora, bem escandalosa mesmo, e a menina a usava o tempo todo. Por causa disso, ganhou um apelido: Chapeuzinho Cor de Abóbora.

Então, um dia, a mãe da menina chamou-a e disse:

— Chapeuzinho, leve essa torta de abóbora com cobertura de chantili e uma cereja em cima para a sua avó, que vive lá no meio da floresta.

— Pode deixar, mamãe — disse a Chapeuzinho lambendo os beiços, porque ela adorava comer.
— E tome cuidado. Não saia do caminho porque a floresta é muito perigosa — completou a mãe.

Então Chapeuzinho colocou a torta numa cesta, deu um beijo na mãe e partiu.

No caminho, ela cantava assim:

"Almocei agora,
Mas já tô com fominha.
Pena que esse doce
É para a vovozinha".

Chapeuzinho foi indo pela floresta até que, de repente, o Lobo saiu de trás de uma moita.

— Bom dia, menina do chapeuzinho cor de abóbora.

— Bom dia, senhor.

— O que você está trazendo nessa cesta?

— Uma torta de abóbora com cobertura de chantili e uma cereja em cima.

— Para mim?

— Não. E nem para mim, infelizmente. Estou levando essas coisas para a minha avó, que vive lá no meio da floresta.

Então o Lobo pensou: "Estou com tanta fome que podia comer essa menina como tira-gosto, sua avó como prato principal e a torta como sobremesa". Mas ele não podia comer Chapeuzinho ali, pois algum caçador poderia escutar os gritos.

Foi quando o Lobo teve uma ideia e disse:

— Está vendo aquela trilha? Ela também vai até a casa de sua avó. É um pouco mais comprida, mas está cheia de jabuticabeiras, macieiras, pereiras, figueiras, ameixeiras, bananeiras, abacateiros e mangueiras. Por que você não vai por ali?

— Que apetitosa ideia, senhor! Vou fazer isso mesmo!

Assim, Chapeuzinho pegou o outro caminho e foi catando frutas pela trilha. Enquanto isso, o Lobo foi pelo caminho mais curto até a casa da avó. Quando chegou, bateu na porta:

— Poc, poc, poc.

— Quem bate? — perguntou a velhinha.

— Sou eu, sua netinha — falou o Lobo imitando a voz da Chapeuzinho (ele era bom em imitar vozes). — Vim trazer uma torta para a senhora.

A Vovó levantou bem contente e abriu a porta, mas então o Lobo pulou sobre ela e engoliu a pobre velhinha de uma só vez. Nhoc!

Depois disso, ele deu um tremendo arroto, UORC!, vestiu as roupas da Vovó (que ficaram apertadas, porque a barriga dele cresceu) e deitou-se na cama para esperar Chapeuzinho.

Quando a menina chegou à casa da avó e bateu na porta, o Lobo falou lá de dentro, imitando a voz da velhinha (eu já disse que ele era bom nisso?):

— Quem bate?

— Sou eu, vovó, Chapeuzinho Cor de Abóbora.

— Pode entrar, minha querida, eu não via a hora de você chegar!

Chapeuzinho abriu a porta e foi até a cama da avó. O Lobo estava embaixo das cobertas e usando a touca da velhinha, de modo que não se podia ver sua cara direito. A menina então perguntou:

— Vovó, por que você tem orelhas tão grandes?

— São para escutar quando o leiteiro passa.

— E esses olhos tão grandes?

— São para ver os bolos crescerem.

— E essas mãos tão grandes?

— São para segurar melancias e jacas.

— E esse nariz tão grande?

— É para sentir o cheiro do pão quentinho.

— E essa boca tão grande?

— Essa é para te comer mesmo! — gritou o Lobo. E, dizendo isso, ele saltou sobre a menina e a engoliu de uma só vez. Nhoc!

Depois, o Lobo voltou para a cama e foi tirar uma sonequinha. Mas, como estava com a barriga muito cheia, começou a roncar bem alto. Tão alto que um caçador escutou aquele barulhão e resolveu dar uma olhada.

Quando abriu a porta e viu o Lobo dormindo com as roupas da Vovó, o Caçador ficou de boca aberta!

Então colocou balas em sua espingarda, apontou para o Lobo e... e não fez nada.

Não fez nada porque pensou que a Vovó ainda poderia estar viva dentro da barriga do Lobo.

Aí ele pegou uma grande tesoura e, quando estava quase começando a cortar a barriga do Lobo, o Lobo acordou e... Nhoc!, engoliu o Caçador de uma só vez.

O pior é que, depois de comer o Caçador, o Lobo disse:

— O Caçador era muito salgado. Isso me deu vontade de comer um docinho. Já sei! Posso comer a torta que a menina trouxe para a avó.

Então ele comeu a torta de abóbora com cobertura de chantili.

E, quando viu que tinha se esquecido de comer a cereja, pensou: "Acho que ainda cabe alguma coisinha...".

Aí o Lobo pegou a cereja e comeu. Mas ele já estava com a barriga tão cheia, mas tão cheia, mas tão cheia, que... BUM! O guloso acabou explodindo e morreu.

E, assim, todos ficaram em pedaços para sempre:

O Caçador, que ia comer o Lobo.

A Vovó, que ia comer a supertorta.

E Chapeuzinho Cor de Abóbora, que, se tivesse continuado viva, teria aprendido uma lição:

"Nunca se deve comer a última cerejinha".

CHAPEUZINHO VERDE

Era uma vez, numa pequena vila perto de uma verdejante floresta, uma menina de olhos cor de esmeralda.

Todos gostavam muito dela, e sua avó mais ainda, tanto que lhe deu de presente uma capinha com capuz. A roupa era verde-dólar, quer dizer, verde-musgo, e a menina ia com ela para tudo quanto é lugar. Por causa disso, as pessoas começaram a chamá-la de Chapeuzinho Verde.

Tudo ia calmo e tranquilo até que um dia sua mãe disse:

— Chapeuzinho, leve essa torta de limão para a sua avó, que vive lá no meio da floresta. Ela é muito avarenta para comprar um docinho e, se a gente não manda uma coisinha de vez em quando, ela vai acabar magra feito um palito.

— Pode deixar, mamãe, vou levar a torta para a Vovó. A senhora pode me dar dinheiro para o ônibus?

— Mas para lá não tem ônibus!

— Ah, é, esqueci. Então me dá dinheiro para a sola de sapato?

— Nunca vi menina para gostar tanto assim de dinheiro! É igualzinha à sua avó. Tá bom, pega. Mas tome muito cuidado. Não saia do caminho porque a floresta é perigosa.

Então a menina colocou a torta de limão numa cesta, deu um beijo na mãe e partiu.

No caminho, ela cantava assim:

"Pela estrada afora,
Eu vou tão mesquinha.
E pedirei mais grana
Para a vovozinha".

Chapeuzinho entrou pela floresta e foi andando, andando, até que, de repente, o Lobo saiu de trás de uma moita.

— Bom dia, menina do chapeuzinho verde.

— Bom dia, senhor.

— O que você leva nessa cesta?

— Uma torta de limão.

— Para mim?

— Só se o senhor tiver dinheiro para comprá-la.

— Não tenho nem um centavo.

— Então vou levá-la para a minha avó que vive na Casa Verde lá no meio da floresta.

Aí o Lobo pensou: "Todo mundo fala que a velhinha da Casa Verde tem um monte de joias. Acho que vou comer a avó, a menina e ainda vou roubar as joias".

Mas ele não podia atacar Chapeuzinho ali, no meio do caminho, pois algum caçador que estivesse por perto poderia escutar os gritos da menina.

Foi quando o Lobo teve uma ideia e disse:

— Está vendo aquela trilha? Ela também vai até a casa de sua avó. É um pouco mais comprida, mas tem uma fonte onde as pessoas jogam moedas. Por que não vai por ali e pega umas para você?

— Que boa ideia! Vou fazer isso mesmo!

Assim, Chapeuzinho pegou o outro caminho, ficou catando moedinhas e nem viu o tempo passar.

Enquanto isso, o Lobo foi pelo caminho mais curto até a casa da avó. Quando chegou, bateu na porta:

— Tuc, tuc, tuc.

— Quem é? — perguntou a velhinha lá de dentro.

— Sou eu, sua netinha, vim trazer uma torta de limão para a senhora — falou o Lobo disfarçando a voz.

    A Vovó levantou-se, viu se seu cofre estava bem trancado (ela achava que a neta estava de olho nas suas joias) e abriu a porta. Quando fez isso, nem teve tempo de abrir a boca de espanto, porque o Lobo pulou sobre ela e devorou-a de um só bocado. Glupt!
    Depois ele pensou em roubar as joias da Vovó, mas, como precisava fazer a digestão, deitou-se para esperar Chapeuzinho.
    Finalmente, quando ela chegou à casa da avó, bateu na porta:
    — Tuc, tuc, tuc.
    — Quem bate? — perguntou o Lobo imitando a voz da Vovó.
    — Sou eu, sua netinha.
    — Entre, minha querida, eu não via a hora de você chegar!
    Chapeuzinho abriu a porta lentamente e foi até a cama da avó. O Lobo estava embaixo das cobertas e usando a touca, de modo que só se podia ver um pouco de sua cara. A menina, percebendo que havia alguma coisa esquisita por ali, perguntou:

— Vovó, por que você tem orelhas tão grandes?
— Para ouvir o tilintar das moedas.
— E esses olhos tão grandes?
— São para ver os extratos do banco.
— E essas mãos tão grandes?
— São para contar dinheiro mais rápido.
— E esse nariz tão grande?
— É para sentir o cheiro das notas.
— E essa boca tão grande?
Então o Lobo parou de imitar a Vovó e falou com sua voz terrível:
— Essa é para te comer!
Depois disso, ele saltou sobre a menina e a engoliu à vista, ou seja, de uma só vez. E aí foi tirar outra sonequinha.

Como estava com a barriga muito cheia, logo começou a roncar bem alto. Tão alto que um caçador escutou aquele barulho e resolveu dar uma olhada.

Quando abriu a porta e viu o Lobo dormindo com aquele barrigão, o Caçador pensou: "Puxa vida, esse lobo é de uma raça bem rara! Se eu tirar a pele dele, poderei vendê-la e ficarei rico".

Então o Caçador colocou balas em sua espingarda, apontou para o Lobo e, CABUM!, matou o bicho.

Depois, quando estava abrindo sua barriga com cuidado para não estragar a pele, viu que Chapeuzinho Verde e sua avó estavam lá dentro. Como não é todo dia que aparecem oportunidades de se ganhar algum dinheiro extra, o Caçador disse:

— Olha, eu posso tirar vocês duas daí, mas isso vai me tomar muitas horas, então, antes de começar, eu queria saber se vocês poderiam me pagar por esse trabalho.

— Pode pegar as minhas joias que estão no cofre — disse a Vovó.

— E eu tenho as moedinhas que apanhei pelo caminho — falou Chapeuzinho.

Então o Caçador pegou as joias, as moedinhas e tirou as duas de dentro da barriga do Lobo.

E a moral dessa história é: "O dinheiro não traz felicidade e atrai um monte de malandros".

CHAPEUZINHO BRANCO

Era uma vez, numa pequena vila perto de uma triste floresta, uma menina de olhos e cabelos bem claros.

Todos gostavam muito dela, e sua avó mais ainda, de modo que decidiu lhe fazer uma capinha com capuz. A roupa era de veludo branco, e a menina estava sempre com ela, fosse para brincar ou para limpar a lápide de seu pai, que havia morrido recentemente. Por conta de seu capuz, todos na vila começaram a chamá-la de Chapeuzinho Branco.

Um dia, sua mãe lhe disse:

— Chapeuzinho, leve esses suspiros para a sua avó, que vive lá no meio da floresta. Ela está sempre sozinha, nunca ninguém vai visitá-la e isso vai fazer com que ela se sinta melhor.

— Pode deixar, mamãe, vou levar essas coisas para a minha solitária vovozinha.

Então a menina colocou os suspiros numa cesta, deu um beijo na mãe e partiu.

No caminho, ela cantava assim:

"Pela estrada afora,
Eu vou tão tristinha.
Não tenho mais pai,
Sou uma orfãzinha".

Chapeuzinho foi entrando pela floresta até que, de repente, o Lobo saiu de trás de uma moita.

— Bom dia, menina do chapeuzinho branco.

— Bom dia, senhor.

— O que você está trazendo nessa cesta?

— Uns suspiros.

— Para mim?

— Não, sinto muito. Estou levando essas coisas para a minha avó, que vive lá no meio da floresta.

Então o Lobo pensou: "Ah, como é dura a vida de um lobo solitário... Estou tão sozinho que, só para passar o tempo, sou capaz de comer a avó dessa menina, a menina e os suspiros de sobremesa".

Então o Lobo teve uma ideia e disse:

— Está vendo aquela trilha? Também vai até a casa de sua avó. É um pouco mais comprida, mas tem um monte de crianças brincando por lá. Por que você não segue por ali?

— Que grande ideia, senhor! Vou fazer isso mesmo!

Assim, Chapeuzinho pegou o outro caminho. Só que lá não havia meninas nem meninos. Ela olhou atrás das moitas, em cima das árvores, mas não viu ninguém. Enquanto isso, o Lobo

foi pelo caminho mais curto até a casa da avó. Quando chegou, bateu na porta:

— Pleque, pleque, pleque.

— Quem bate? — perguntou a velhinha lá de dentro.

— Sou eu, sua netinha — falou o Lobo disfarçando a voz. — Vim trazer uns suspiros para a senhora.

A Vovó então levantou-se, calçou suas polainas e abriu a porta. Quando ela viu que era o Lobo e não Chapeuzinho quem estava lá, não se importou. Ela sabia que ia ser devorada, mas vivia tão só e esquecida que achou bom ter alguma companhia, ao menos por um breve instante. E, de fato, foi apenas um breve instante, porque o faminto Lobo saltou sobre ela e a devorou antes que ela pudesse dizer "Seja bem-vindo!".

Depois de dar um pequeno soluço, o Lobo disfarçou-se de Vovó e deitou na cama para esperar Chapeuzinho.

A menina vinha bem devagar pela mata, colhendo folhas, escutando os pássaros, brincando com esquilos, bebendo água das fontes e cantando sua música:

"Pela estrada afora,
Eu vou tão tristinha.
Não tenho mais pai,
Sou uma orfãzinha".

Finalmente, quando chegou à casa da avó, ela bateu na porta:
— Pleque, pleque, pleque.
— Quem bate? — perguntou o Lobo imitando a velhinha.
— Vovó, sou eu, sua netinha.
— Entre, minha querida, eu não via a hora de você chegar!
Chapeuzinho abriu a porta lentamente e foi até a cama da avó.

O Lobo estava embaixo das cobertas e usando a touca, de modo que só se podia ver um pouco de sua cara. A menina, percebendo que havia alguma coisa esquisita no ar, perguntou:

— Por que você tem orelhas tão grandes?

— São para escutar as vozes dos amigos.

— E esses olhos tão grandes?

— São para ver as pessoas.

— E essas mãos tão grandes?

— São para abraçar as visitas.

— E esse nariz tão grande?

— É para sentir o cheiro dos outros.

— E essa boca tão grande?

— Podia ser para conversar, mas vai ser para te comer mesmo!

E, dizendo isso, o Lobo ficou em pé sobre a cama e preparou-se para saltar sobre a menina.

Mas, antes que fizesse isso, Chapeuzinho Branco ergueu a mão e disse:

— Quero que o senhor saiba que eu não me importo de morrer, porque sou uma menina muito triste, pois amava meu pai e ele morreu.

O Lobo, que era muito emotivo, não esperava ouvir aquilo. Então sentou-se na cama e começou a chorar.

A menina também ficou emocionada e pôs-se a soluçar. Então um caçador que estava andando por ali escutou aquela barulheira e resolveu dar uma olhada.

Quando abriu a porta e viu o Lobo e a Chapeuzinho chorando, ele colocou balas em sua espingarda e apontou para o Lobo. Mas, quando ia atirar, ouviu a porta fazer um nhec.

Era a mãe de Chapeuzinho que vinha chegando. Ela e o Caçador trocaram um olhar como se se conhecessem de algum lugar. Ele abaixou a arma e perguntou:

— Minha senhora, por acaso, nos seus tempos de menina, você não morava numa casinha no alto da colina?

— Sim — respondeu a mãe de Chapeuzinho Branco.

— Pois eu era seu vizinho.

— Astolfo?

— Eu mesmo.

— Puxa, há quanto tempo! Como é que você me reconheceu?

— Na verdade, nunca te esqueci. Confesso que eu era apaixonado por você.

— Assim você me deixa encabulada... Mas devo admitir que eu também tinha uma quedinha por você...

— Pena que os meus pais decidiram sair lá da colina...

— Pois é...

— E o que aconteceu com você?

— Eu me casei e tive essa bela menina. Mas o pai dela morreu, sabe?

— Quer dizer que você está livre, quero dizer, viúva?

— Sim.

Os dois estavam no maior bate-papo quando a avó gritou lá de dentro da barriga do Lobo:

— Me tirem daqui!

O Caçador falou para a mãe de Chapeuzinho Branco:

— Bem, você se importa se eu tirar a Vovó de dentro da barriga do Lobo antes de a gente continuar a conversa?

— Não, não, vá em frente.

Aí o Caçador apertou a barriga do Lobo com força e a Vovó saiu de lá num pulo. A desengolida velhinha, quando se viu livre, falou:

— Muito obrigada, senhor Caçador. O senhor salvou a minha vida. Se bem que a minha vida é tão solitária que eu nem me importei de ter sido engolida!

— Sua vida não será mais solitária, minha senhora.

— Não? — a Vovó perguntou.

— Não — respondeu o Caçador —, pois eu vou pedir a mão de sua filha em casamento e, se ela aceitar, nós vamos morar todos juntos.

— Pois eu aceito! — disse a mãe de Chapeuzinho.

Ao ouvir isso, a menina falou:

— Que bom! Agora vocês têm um ao outro, Vovó tem companhia e eu tenho um pai! Mas e o Lobo?

Nesse momento o Lobo disse:

— Também estou cansado de ser um lobo solitário. Que tal se vocês me adotassem como lobo de estimação?

E, assim, todos ficaram felizes para sempre:

O Caçador e a mãe de Chapeuzinho Branco porque se casaram.

A Vovó porque passou a ter companhia.

O Lobo porque deixou de ser solitário.

E Chapeuzinho Branco porque aprendeu uma lição: "Ninguém gosta de ficar sozinho".

CHAPEUZINHO LILÁS

Era uma vez uma menina muito famosa em sua pequena vila.

Todo mundo gostava dela, e sua avó mais ainda, tanto que lhe costurou uma capinha com capuz. A roupa era violeta, e a menina a usava tanto que o pessoal até lhe botou um apelido: Chapeuzinho Lilás.

Um dia a mãe da Chapeuzinho Lilás chamou-a e disse:

— Filha, leve essas revistas com fofocas sobre gente famosa para a sua avó, que vive lá no meio da floresta.

— Tenho que ir mesmo, mamãe? — perguntou Chapeuzinho.

— Sim, tem. Você não quer continuar com a sua fama de ser uma menina obediente e trabalhadora?

— Quero.
— Então você tem que ir. Não é fácil manter a boa fama.
— Tá bom, eu vou...
Então a menina colocou as revistas numa cesta, deu um beijo na mãe e partiu. No caminho, ela cantava assim:

"Queria ser famosa,
Bem conhecidinha.
Aí não andaria
Nunca mais sozinha".

Chapeuzinho vinha pela floresta quando, de repente, o Lobo saiu de trás de uma moita.

— Bom dia, menina do chapeuzinho lilás.

— Bom dia, senhor.

— O que você leva aí nessa cesta?

— Revistas de fofocas.

— Para mim?

— Não, para a minha avó. Ela vive no meio da floresta.

Então o Lobo pensou assim: "Caramba, estou com tanta fome que seria capaz de comer a avó desta menina e depois ela mesma como sobremesa".

Mas ele não podia atacar Chapeuzinho ali, pois algum caçador poderia escutar os gritos e vir em socorro da menina.

Foi quando o Lobo teve uma ideia e disse:

— Está vendo aquela trilha? Ela também vai até a casa de sua avó. É um caminho mais longo, mas você poderia pegar uns lilases para ela.

— Que excelente ideia, senhor! Vou fazer isso mesmo!
Assim Chapeuzinho pegou o outro caminho e começou a colher lilases.
Enquanto isso, o Lobo foi pelo caminho mais curto até a casa da avó. Quando lá chegou, bateu na porta:
— Pam, pam, pam.

— Quem bate? — perguntou a velhinha lá de dentro.

— Sou eu, sua netinha — falou o Lobo disfarçando a voz.

A Vovó então levantou-se e abriu a porta. Mas não havia ninguém lá, e a Vovó disse:

— Xi, eu devo ter imaginado que bateram na porta. Ré, Ré, estou ficando velha...

E então ela voltou para a cama.

Você quer saber por que o Lobo não estava lá na porta? Eu explico. É que o Lobo teve uma crise de consciência. Ele pensou assim: "Que coisa horrível eu vou fazer: comer essa pobre velhinha! Não, não farei isso! Está na hora de mudar as coisas!". E aí ele se escondeu atrás de uma moita.

Pouco depois Chapeuzinho chegou e bateu à porta:

— Pam, pam, pam.

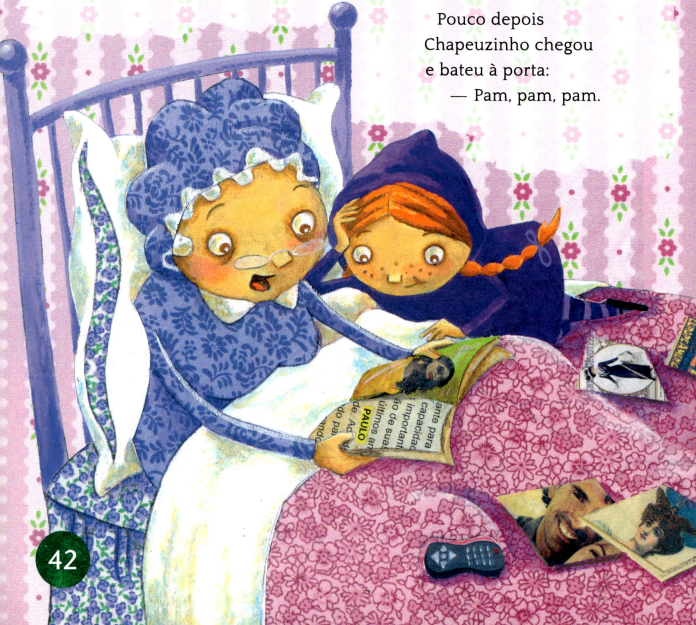

— Quem bate? — perguntou a velhinha.
— Sou eu, Chapeuzinho Lilás.
— Entre, querida, a porta está aberta.

A Vovó estava embaixo das cobertas e usava uma touca tão grande que nem dava para ver a sua cara. A menina chegou perto dela devagarinho e perguntou:

— Vovó, por que você tem orelhas tão grandes?
— São para ouvir melhor o rádio.
— E esses olhos tão grandes?
— São para ver os programas de tevê.
— E essas mãos tão grandes?
— São para segurar os jornais.
— E esse nariz tão grande?
— É para metê-lo na vida dos outros.
— E essa boca tão grande?
— É para fazer fofocas — falou a Vovó. E, dizendo isso, elas começaram a rir e a ler as revistas. E leram tanto que acabaram pegando no sono.

Depois, o Lobo pulou para dentro do quarto da avó e ficou olhando as duas ali a dormir.

Enquanto isso, ele pensava: "Que bom que não comi essas duas. Assim vou mudar a opinião que as pessoas têm de mim".

Então ele deitou no meio das duas e tirou uma soneca.

Mas, como eu contei no começo, o Lobo estava com fome. Sua barriga estava vazia e ele começou a roncar alto, mais ou menos assim: Rôôôônc!

Aquele barulho chegou aos ouvidos de um caçador que passava por ali, e ele resolveu dar uma olhada no que estava acontecendo.

Quando abriu a porta da casa da Vovó e viu o Lobo entre as duas, ele pensou: "Conheço a fama desse Lobo. Ele deve estar se preparando para comer as pobrezinhas".

Então o Caçador apontou sua espingarda para o Lobo e... Pou!!!!, atirou.

O Lobo, coitado, morreu.

A Vovó e Chapeuzinho acordaram assustadas. Mas o Caçador logo acalmou-as, dizendo:

— Fiquem tranquilas. O perigo era esse lobo. Mas eu cheguei antes que ele pudesse lhes fazer qualquer mal.

E, assim, todos ficaram famosos para sempre:

O Caçador porque matou o "perigoso" Lobo.

A Vovó porque saiu no jornal.

E Chapeuzinho Lilás porque deu uma entrevista para a tevê em que disse ter aprendido uma importante lição:

"Se falam mal de alguém, deve ser verdade".

Será?

CONTA TUUUUUDO!

Lobo Mau ficava de tocaia na floresta

"Eu apenas cumpri com o meu dever."
– Caçador –

Caçador encontra Lobo Mau na casa com vovó e netinha

45

CHAPEUZINHO PRETO

Era uma vez, numa vila perto de uma floresta bem escura, uma menina de olhos e cabelos negros.

Todo mundo gostava dela, e sua avó mais ainda, tanto que decidiu lhe fazer uma capinha com capuz. A roupa era muito elegante, toda de veludo negro, e a menina andava para cima e para baixo com ela. Por conta disso, as pessoas começaram a chamá-la de Chapeuzinho Preto.

Um dia, a mãe de Chapeuzinho disse:

— Filha, leve essas jabuticabas para a sua avó, que vive lá no meio da floresta.

— Pode deixar, mamãe, eu vou e volto num minuto.

— Mas, olhe, não saia do caminho porque a floresta é perigosa.

Então a menina colocou as jabuticabas numa cesta, deu um beijo na mãe e partiu. No caminho, ela cantava assim:

"Pela estrada afora,
Eu vou depressinha.
Levar essas frutas
Para a vovozinha".

Chapeuzinho entrou pela floresta. A cada passo as árvores se fechavam e a mata ficava mais escura. Mas ela não sentia medo.

Assim foi até que, de repente, o Lobo saiu de trás de uma moita e falou:

— Bom dia, menina do chapeuzinho preto.

— Bom dia, senhor.

— O que você está trazendo nessa cesta?

— Algumas jabuticabas.

— Para mim?

— Não, elas são para a minha avó, que vive no meio da floresta.

Naquela hora o Lobo pensou: "Minha fome é interminável. Um dia, com certeza, eu comerei essa pequena".

Então ele disse:

— Está vendo aquela trilha? Vai até a casa de sua avó. É um pouco mais comprida, mas está cheia de umas flores chamadas sempre-vivas. Por que você não vai por ali e leva algumas para ela?

— Que ideia supimpa, senhor! Vou fazer isso mesmo!

Assim, enquanto Chapeuzinho pegou o outro caminho, o Lobo foi por um atalho até a casa da avó. Quando lá chegou, tocou a campainha:

— Blem, blem, blem.

— Quem é? — perguntou a velhinha lá de dentro.

— Sou eu, sua netinha — falou o Lobo disfarçando a voz. — Vim trazer jabuticabas para a senhora.

A Vovó então pôs seus óculos e abriu a porta. Quando viu que era o Lobo e não Chapeuzinho quem estava lá, falou:

— Ah, é você? Sabia que viria me buscar um dia. Entre, não repare na bagunça.

O Lobo sentou-se na cama e perguntou:

— A senhora estava esperando por mim?

— Eu sabia que você ia chegar. Até que demorou bastante.

— Eu vou ter que engoli-la agora — disse o Lobo.

— Eu sei — disse a Vovó fechando os olhos lentamente. E então o Lobo engoliu a avó de uma só vez, tão rápido que ela nem teve tempo de dizer "Adeus!".

Depois, o Lobo deitou-se calmamente na cama para esperar Chapeuzinho.

A menina vinha andando pela mata tão lentamente, mas tão lentamente, que nem viu o tempo passar. Finalmente, quando chegou à casa da avó, tocou a campainha:

— Blem, blem, blem.

— Quem é? — perguntou o Lobo lá de dentro, com voz rouca.

— Sou eu, sua netinha, vovó.

— Entre, querida.

Chapeuzinho abriu a porta e foi em direção à cama da avó. Mas, no caminho, passou por um espelho e viu que estava mais velha. Já era uma mulher.

— Puxa, acho que fiquei muito tempo colhendo flores.

— Sim, você está bem diferente — disse o Lobo.

Chapeuzinho chegou mais perto do espelho e, olhando para seu rosto, perguntou a si mesma:

— Por que eu tenho orelhas tão grandes?

E ela se respondeu:

— Ah, é porque agora já posso usar brincos.

— E esses olhos tão grandes?

— É porque agora posso ver mais coisas.

— E essas mãos tão grandes?

— É porque agora posso alcançar o que antes não alcançava.

— E esse nariz tão grande?

— É porque agora sou dona do meu próprio nariz.

— E essa boca tão grande?

— Acho que é porque já posso falar por mim mesma — falou Chapeuzinho.

Depois ela se virou para o Lobo e perguntou:

— Onde está minha avó?

— Eu a engoli — respondeu ele.

— E quem é você?

— Sou o Lobo dos lobos. As pessoas me chamam de Tempo.

— Você também vai me engolir?

— Vou, mas não agora. Vamos comer essas jabuticabas?

Então eles comeram bastante e tiraram uma sonequinha. Como estavam com a barriga cheia, começaram a roncar alto, mas tão alto que um caçador que estava andando por ali escutou o barulho e resolveu dar uma olhada.

Quando abriu a porta, o Caçador viu o Lobo, colocou balas em sua espingarda e atirou. Mas errou todos os tiros.

Então o Caçador exclamou:

— Lobo maldito! Não consigo vencê-lo!

— Isso é impossível, caro Caçador, mas nós podemos ser amigos.

— Como, se um dia você vai me engolir?

— Ora, vamos ser amigos enquanto esse dia não chega.

E, dizendo isso, o Lobo pegou as duas jabuticabas que sobraram, deu uma para o Caçador, outra para a Chapeuzinho, e saiu pela janela dizendo:

— Até breve!

E, assim, todos ficaram felizes:

O Caçador porque reconheceu que não podia vencer o Lobo.

A Vovó porque teve uma vida feliz e demorou para ser engolida.

E Chapeuzinho Preto porque aprendeu uma lição:

"Devemos comer as jabuticabas bem devagar e aproveitar cada uma".

JOSÉ ROBERTO TORERO e MARCUS AURELIUS PIMENTA já escreveram um monte de histórias para crianças. Mas não fazem só livros. Torero é o autor do roteiro do curta-metragem *Uma história de futebol*, que até concorreu ao Oscar. E Marcus escreve roteiros para diversos programas de televisão, como o *Peixonauta*, exibido pelo Discovery Kids.

MARILIA PIRILLO nasceu em Porto Alegre, em 1969, mas mora no Rio de Janeiro. É formada em publicidade e propaganda e começou sua carreira ilustrando anúncios em embalagens e revistas dirigidas ao público infantil. Em 1995 passou a se dedicar integralmente à ilustração infantil e, desde 2008, começou a também escrever seus próprios livros.

Conheça os outros livros da Coleção Fábrica de Fábulas:

As belas adormecidas (e algumas acordadas)
As roupas novas dos reis
Branca de Neve e as sete versões
João e os 10 pés de feijão
Joões e Marias
Os oito pares de sapato da Cinderela
Os 33 porquinhos